Meiner Tochter Anja

Falk Edelmann

Wenn Gartenzwerge Macht bekommen, Hamster taumeln und Verzeihen Haß arretiert

Alltägliche Gedanken ohne Filter der Zeit

© 2020 Falk Edelmann

Verlag: tredition GmbH, Halenreie 40-44
22359 Hamburg
Paperback: 978-3-347-12018-1
Hardcover: 978-3-347-12019-8
e-Book: 978-3-347-12020-4

Printed in Germany

Vor den Worten

Konfliktüberladen ist unsere friedlich-lange Zeit zum Bersten geschwollen mehr als viele der kurzen, friedlichen Episoden in historisch überschaubarer Vergangenheit. Was wohl mögen früher Menschen gedacht, geglaubt und gewußt haben vor geschichtlichen Umbrüchen, die sie in Stromschnellen von Revolutionen und Gegenrevolutionen getrieben haben?

Heute gewärtigen die Einfühlsamen – nicht die mit dem Zeitgeist peinlich sorglos Vermählten – wieder derlei Katarakte gesellschaftlichen Fortgangs, die für viele zu demütigenden Verlusten und für wenige zu freier Entfaltung und ihrem lenkenden Mißbrauchen führen.

So ist das, seitdem nicht mehr alle alles machen konnten: seit der Teilung der Arbeit im Zweistromland, Ägypten und unerforscht gar wohl auch anderswo.

Was jedoch haben Menschen aus Morden, Unterjochen, Verbieten und dem rezenten, politisch verortetem Das-gehört-sich-Nicht und Jeder-darf-Alles gelernt?

Nichts.

Absolut nichts.

Historische Demenz lastet bleiern auf der Menschheit. Und ist wohl ein biologisch-gesellschaftlicher Fehler ihres selbstbeschleunigenden Fortschreiten-Wollens.

Immer aber gab es neben dem Hauptstrom der Anpasser, Verführten, vor allem aber der bewußt Verführenden Denker, Förderer, Kämpfer für das vernünftige Fortwenden des Menschen vom Tiersein - für das glückliche Menschsein in einer Umgebung, die frei von religiöser und politischer Irrung in großer Ehrerbietung und Demut Natur gegenüber wahrgenommen wird und nicht als zu Raube, Glaube und Beherrschnis Freigegebenes.

All diesen seien die Sinnsprüche gewidmet, auf daß sie sich aufrichteten und eines nahen Tages die Oberhand gewännen in dem tier- und pflanzenreich-ewigen Kampfe um Zuspruch oder Ablehnung, Gewinn oder Verlust, Leben oder Tod. Auf daß all jene Menschsein endlich als ewige Abhängigkeit von Natur begriffen – und als vermeintlich intelligenzbasierten ewigen Kampf gegen sie eben gerade nicht.

Diese Sinnspüche – schockierend, derb und rauh für die einen, beleuchtend, ernüchternd und wahr für die anderen – mögen als Mosaiksplitter still eine mittels einsehenden Zulaufes sich kräftigende Änderung ernähren, die spätestens dann ihre Wirkung entfaltet haben sollte, wenn die Eruption von Supervulkanen wie die Phlegräischen Felder oder Yellowstone uns zurück zur Natur geführt haben und jeder Mensch auf sich selbst wird gestellt sein werden. Wenn smartes Telekommunizieren zu einem Hauch von Illusion degradiert sein wird im Ansehen von Sonneneruptionen und Faxpapier darob wird lodern lassen (Carrington-Ereignis 1859). Wenn

Seuchen künstliche Strukturen wider die Natur dahinraffen. Wenn wirklich kalte Winter und politisch provozierte Stromausfälle alle bildungsresistenten, alternativ verführten kindlichen Schüler und ihre mithin wohl ebenso kindlichen Eltern an die Physik des Atoms erinnert. Wenn man madige Äpfel sommers von Alleebäumen ehedem vielbefahrener Straßen mundraubend klauen wird müssen, um seine klimanotständisch-kindfreie Familie für nur einen Tag zu ernähren.

Wenn niemand mehr die Pflicht zu haben glaubt, sein zu sollen, wie Menschsein einmal war.

Absichtlich sei dem Leser keine psychologische Betreuung beigegeben, weil der Verfasser - ein alter, farbiger (weißer) und nach vielen, vielen Irrungen gelegentlich auch weiser Mann - noch immer von der naturgegebenen Vernunft des Lesers beseelt ist.

Mögen diese Sprüche im Verstandenwerden kleine Kräfte freisetzen, die sich mit anderem zu großen Veränderungen summieren und durch Erfahrenes und Erlebtes Fortschritt*verheißendem* verwehren, wohl aber *gründlich Geprüftem* und *all so Weiterdenkendem* mit Leidenschaft andienen. Mögen sie den Irrgesinnten Europas und den Sackgassenrasern verblendeten Kenntnismangels bohrender Makel und Anlaß zu beißend-gehässiger Kritik sein.

Mögen sie so sein.

Mögen sie nicht indiziert noch verbrannt werden, obschon Geschichte nahezu zufallsfrei sich wiederholt.

Nachschrift:

Der große Abstand zwischen den einzelnen Sinnsprüchen sei dem Zwischen-den-Zeilen-Lesen gewidmet, dessen es zuhauf bedarf für gescheite Leser, die dem medialen Hauptstrom nicht erlegen sein möchten.

Nur so darf das Büchlein dem Zaun des Drangsals, Kujonierens und Geächtetseins entrinnen, wenn und wo Unrecht Recht zu werden droht.

Über Liebe

Gestandene Liebe ist wie ein Flußdelta:
feine Verästelungen der Gefühle,
Verlangsamung des Treibens und
unaufhörliche Mühen gegen die Macht des Alltags,
die wie das Meer uns bekämpft.

Wenn der Werbende jeden Tag den Hof anders macht,
wird die Beworbene eines Tages kaufen.

Neugier ernährt aufkeimende Liebe,
gesunde Eifersucht und
beweinte Trennung.

Was nicht gezeigt,
dessen Verlust nicht erklärt werden muß.

Eifersucht ist verletztes Selbstbewußtsein.

Komplimente sind sanft ausgeworfene Lassos
der Gefühle.

Liebe ist Ware.
Sie wird erkauft durch Zuneigung,
bezahlt mit Vertrauen und
quittiert mit Leidenschaft.

Wir sollten mit Enttäuschung sorgsam umgehen.
Sie ist unverzeihlich.

Trennungen in der Liebe sind labil, wenn sie sich im
Bett gefühlvoller Erinnerungen wälzen.
Am Ende des Alltags legt sich jeder schlafen.

Freundschaften sind weitestens doch auch nur
Abbild der Finanzen ihrer Teilnehmer.

Leidenschaften sind in ihrer Unmittelbarkeit
die Sublimation naher Gefühle, gleichen Denkens,
unbändigbaren Wollens ohne Hintergedanken.
Sie sind die gnadenlose Identifizierung
der Liebenden miteinander.

Intrige ist intelligente Wut.

Liebe entzweit sich von Liebelei,
indem die eine kämpft,
die andere spielt.

Haß duldet kein Verzeihen.
Wie auch immer es sich dartut.

Der Liebenden Richter sind ihre Mühen.

Verzeihen schützt vor Wiederholung nicht.

Liebe zu entbehren ist wie Strafzölle zahlen zu müssen.
Zeit und Umstände sind die Zöllner, die im Auftrag der
Versäumnisse und Unzulänglichkeiten
Abgaben eintreiben.

Arglist ist der Spiegel fehlender Freiheit.

Unbefriedigte Gefühle sind wie erloschene Vulkane.
Niemand weiß, wann sie wieder ausbrechen.
Keiner ahnt die Schäden und das Glück,
die sie anzurichten vermögen.

Liebe wird durch Hormone gemacht
wie ein Braten durch Feuer.

Verzeihen arretiert Haß nur befristet.

Liebe ist das Verhältnis der Mühen um den anderen
zur Enttäuschung durch ihn.

Ein Schlußstrich ist eine durchgezogene Linie,
keine unterbrochene.

Erblindende Liebe ist eine Sackgasse der Natur,
die ihren Teilnehmern Denken versagt.

Viele zu lieben ist Vergeudung,
dich zu lieben Entfaltung.

Mit Glück ist es wie mit einem Automobil:
Sein Erwerb ist ist spannend.
Allein sein Benutzen verschleißt es.

Immer in Beziehungen verschmelzen Glück und Tragik
zu einer Masse, die unbekömmlich erscheint.
Gerade diese Masse treibt neues Glück voran
und ahnt neue Tragik voraus.
So glauben wir uns im Flusse des Auf und Ab.
Wohl aber gibt es nur *ein* Glück mit unserem Partner.
Und nur *ein* Unglück.

Wahre Freundschaften leben
durch die Sinnfülle ihrer Bedürfnisse,
nicht durch Repräsentanz ihres Vermögens.

Wo in der Liebe
Verläßlichkeit aus Vertrautsein geboren,
da ist Beliebigkeit gestrandet.

Scheidungen sind juristische Akte,
die Entzweiungen besiegeln.

Schwache Männer holen aus dem Keller Wein,
starke Frauen Beweise.
Schwache Frauen Gefühle,
starke Männer Immunität.

Wenn und wo der eine im Schutze und Vertrauen
des anderen sich entfalten darf,
ist eine wahrhafte geschlechtliche Beziehung geboren.

Die optischen Reize der Frau
und die vermeintliche Vernunft des Mannes
sind der Mörtel, aus dem Beziehungen
begonnen, gehegt und verdorben werden.

Liebe ist ein geduldig Feuer,
das am Anfang lodert,
mittens viel Kohle benötigt
und endlich auch ohne Nachlegen glüht.

Enttäuschte Zweisamkeit füttert den Markt
gebrauchter Beziehungen.

Sex macht Beziehungen stabil oder krank,
nicht aber aus.

Eine Freundschaft zu pflegen ist schwerer,
als eine Feindschaft zu ertragen.

Bis daß der Tod uns scheidet, ist eine Floskel,
die manch einer ausgesprochen zu haben
nach dem Ende des emotionalen Rausches bereut.

Sie blockiert das Leben.

Leidenschaft verschleißt durch Alltäglichkeit.

Beziehungen sind Entdeckungsreisen zu sich selbst.

Auch Liebesschwüre sind nicht portofrei.

Ehe ist nur eine von mannigfaltigen
Beziehungsvarianten.
Wie schwach ist ein moderner Staat,
nur diese belohnen zu wollen?

Die Religionslobbyisten dürfen sich entspannen.

Liebe abseits von Begierde ist
Näherung auf Distanz,
Bedürftigkeit auf Abruf und
Ehrlichkeit zu sich selbst.

Beziehungen ohne Tadel
sind wie Bratpfannen ohne Benutzung:
Sie sind spurlos.

Verbrannte Liebe kennt nur Opfer, niemals Akteure.

Glück ist der Mittelwert aus
Anspruch und Tatsächlichkeit.

Liebe ist ein Konto, das glücklicher machen kann,
je mehr Mühen man einzahlt.

Hoffnung ist ein Rauschmittel,
der Begehrung habhaft zu werden.

Wenn sich Zweisamkeit nichts mehr zu sagen hat,
lädt sie sich Gäste ein.

Liebe ist ein biochemisches Spektakel
komplexen Ausmaßes.

Verdrängte Zweifel, unbesehener Optimismus und
rücksichtsfreies Vertrauen auf die eigenen Fähigkeiten
steigen aus dem heißen Tiegel
frischer Beziehung empor,
der Glück erzeugen zu können vermeint.

Ferne begehrt.
Nähe senkt die Köpfe zur Abwehr der Alltagsleiden.

70jährige Väter auf Abiturientenbällen glauben,
in ihrem Leben wäre Platz
für zwei komplette Biografien.

Atemnot ist ein gefürchtetes Symptom
erkrankter Beziehungen.

Schwärende Beziehungen vernarben
durch Teilnahme am Leben,
nicht durch Sturz in neue.

Das Leben der Liebe:
feuriges Begehren,
Widerstehen des Alltages,
Fügen in gemeinsames Altern.

Man braucht nicht viel zum Glück.
Nur ein wenig Selbstbewußtsein.

Hörige Liebe ist kleines Denken.

Beworbene Ansprüche verderben Beziehungen.

Vertane Lebenszeit, wo Liebe schnelle Beine hat.

Nichts in der Liebe ist verläßlicher als Vertrauen,
das Zeit hatte, sich aufzubauen.
Und nichts ist ruinöser als Vertrauen,
das Zeit hatte, mißbraucht zu werden.

Die Seele des Menschen ist ein Kraterfeld,
und die Zeit seines Lebens reicht nicht,
um es einzuebnen.

Wenn Liebe vernünftig wäre, hätte Lust keinen Sinn.

Haß erschreckt sich in Finsternis zu Tode.
Liebe findet sich in ihr.

Wäre das Eingehen von Beziehungen
mit Rückgaberecht belegt,
würden sich die Leute stapeln.

Liebe beginnt im Kopf und endet in ihm.

Wem die Wärme aus den Augen weicht,
dem ist Liebe List.

Der Anspruch, zu begehren,
ist eine unberechenbare Größe.

Loslassen ist schwieriger als Anfassen.

Die dauerhaft gute geschlechtliche Beziehung sollte
unter Denkmalschutz gestellt werden.

Versöhnung ist des Liebesdramas
verzögerndes Moment.

Der Verstand ist immer das erste Opfer
emotionaler Überflutungen.

Wer Fremdgang heilbar glaubt,
sollte Liebe als Infektion begreifen.

Fieberndes Liebesbegehren ist nur durch
kalte Unterleibswickel auf Vernunft dimmbar.

Die Aufrichtigkeit einer zweisamen Beziehung
zeigt sich darin,
daß der eine für den anderen
ohne Rechnung entbehrt.

Liebe und Raubtiere sind unberechenbar,
wenn sie verletzt werden.

Keine Fehler wiederholen sich häufiger
als die in Beziehungen der Menschen zueinander.

Die Lernfähigkeit der Leute ist von Natur aus begrenzt.

Wenn das Kribbeln im Bauch zu Blähungen führt,
sollte eine Beziehung ihr Ende finden.

Wer nicht weiß, was er will,
öffnet eine Beziehungskiste.

Brandmauern werden von verratenen Gefühlen gebaut.

Freundschaft,
zu der Liebe genötigt wurde,
hat ein weiches Bett.

Erwartungen sind die schwerste Fracht für junge Liebe,
Narben der Enttäuschung für reife.

Im Liebesrausch Gesprochenes
gräbt sich tiefer ins Bewußtsein
als ein Pflug jemals in Erde.

„Wahre Liebe" ist nicht selten von
Wahrheit in der Liebe weit entfernt.

Die Sonne scheint und spricht:
Liebe gedeiht zwar ohne Wein,
Wein aber ohne Liebe nicht.

Unerfahrenheit verliebt sich schon in Zuneigung.

Nach einer gewissen Zeit ist neue Liebe
anfällig gegenüber alten Lastern.

Gute Beziehungen ersetzen mangelnde Fähigkeiten.

Liebe ist mehr als Sex und weniger als Freiheit.

Das Ego der Teilnehmer gescheiterter Beziehungen
verhindert gewöhnlich die eigene Analyse und
treibt in neue Beziehungen mit neuen Teilnehmern.
Insofern sind Beziehungen
Wetten auf Hinnahme von Fehlern.

Der Wert einer Beziehung bestimmt sich durch
andere Beziehungen.

Nur der beziehungsfreie Mensch
ist wirklich unabhängig.

Emotionen saugten Pferdeäpfel auf,
würden diese der Liebe zuträglich geziehen.

Alte Liebe rostet nicht,
solange keine neue dazukommt.

Über Gesellschaft

Wer Aufgaben delegiert,
verlernt ihre Lösung
und dient sich Größerem nicht an.

Der Arbeitsame kommt deshalb nicht voran,
weil König und Höfling seinen Lohn begehren.

Fortschritt und Wachstum galten
in allen bisherigen Epochen als traute Geschwister.
Es läuten aber Zeiten, in denen sie sich zerstreiten.

Weitergehen ernährt sich von Zurückdenken.

Der Wille der grauen Masse des Volkes nach
Gerechtigkeit kann nur durch Bestechung
ruhiggestellt werden.
Die Korrumpierung spaltet diesen Willen durch
belohnende Bedienung jener, die sich fügen,
und strafende Isolation derer, die aufbegehren.
Verderbnis solcher Art benutzt heute den antiken
Demokratiebegriff unter der Maßgabe
veränderter Bedingungen.
Ein machtvolles Netzwerk von Lobbyisten biegt
parlamentarische Legitimation zu seiner Gunst.

Politischer Eifer und Intelligenz
bilden das gefährlichste Gemisch
gesellschaftlichen Fortgangs.

Es kann Völker verderben oder heroisieren.

Je ungebildeter die Wähler,
desto dreister ihre Peiniger.

Jeder ist seines Wissens Schmied
und seines Glaubens Knecht.

Wer kein Blatt vor den Mund nimmt,
sollte gute Zähne haben.

Der mit sich selbst befaßte Mensch
ist der eigentliche Grund
erfolgreicher Herrschaft über ihn.

Was Herrschaft gefährdet,
wird Populismus geheißen.

Die Erosion von Werten beflügelt Gewalt.

Um des Menschen Gelüste nach
Macht und Erhabenheit zu befriedigen,
bedarf es des Erliegens seines Verführtseins durch
Religion und Ideologie,
Eitelkeit und Geld.

Frieden kann man nicht genug verherrlichen.

Die westlichen europäischen Staaten
stehen heute vor demselben Schicksal
wie Westrom vor mehr als anderthalbtausend Jahren.
Geschichte von Gesellschaften wiederholt sich,
und sie folgt der Entwicklungskurve von Bakterien.

Demokratie ist noch immer die Teilhabe von
Gernegroßen an der Verteilung von Steuern.

Lauter Vernünftige würden keinen Staat
regieren dürfen.
Dazu bedarf es auch der Unvernünftigen.

Große Mächte kollabieren an kleinen Dingen,
wenn die Zeit gereift ist.

Es wird weiter gelebt mit Kriegen.
Es wird weiter verdient an Kriegen.
Es wird weiter gestorben durch Kriege.

Und weiter wird gealltagt.

Großer Betrug hat viele bekannte Namen,
wenn er denn
erkannt und – benannt werden dürfte.

Der Mönch betet.
Der Kanzler schwört.
Der Krieger kämpft.
Ein Mensch denkt.
Allein sein Haus macht ihn
zum Mönch, zum Kanzler, zum Krieger.

Denkende Gesellschaft baut neue Häuser
für Mönche, Kanzler und Krieger.
Wählende renoviert nur die alten.

Wo Vernunft unterliegt,
hat Kreatives keine Statt.

Der Sozialismus des 20. Jahrhunderts
war der mißlungene Freigang
der schoßgeborenen Aufbegehrer des Kapitalismus.

Eine Sache, die überzeugt, braucht keine Interpreten.
Diese sind nur von der Dummheit der Leute beseelt.

Nachhaltiger Fortschritt entsteht
am Rande überhitzter Moderne,
nicht in ihr,
aber auch nicht ohne sie.

Nichts beschreibt Kapitalismus gründlicher
als die Systemrelevanz der Banken.
Nichts seinen Untergang klarer
als Aufbegehr, der sich nicht bezahlen läßt.

Wähler – nur scheinbar Entscheider
über der Politiker Schicksal.

Gesäter Friede will gejätet sein.

Wenn die Länge eines Jahrhunderts nach der Zahl
der Jahrhunderthochwasser bemessen würde,
wäre ich wohl schon 300 Jahre alt.

Alle bisherige Macht wurde durch *Glaube*
an die zu Bemächtigenden installiert –
nicht durch *Wissen*.

Wenn die Kritiker nur objektiv wären,
kämen die Dinge voran.

Der gläubige Wissenschaftler – welch ein Paradoxon.

Fortschritt und Rückschritt
sind arrogante Blickwinkel menschlichen Denkens,
das sich als Wettkämpfer mit Natur
gründlich mißversteht.

Korruption gehört zum Verhaltensinventar
aller Lebewesen.
Auch des Menschen.
Ich kann nicht erkennen,
daß gesellschaftliche Biotope ihn daran hindern.

Erschreckt wird, wer denkt.
Der Manipulierte
freut sich schon über einen Teller feine Suppe.

Fortschritt kommt von Fortschreiten.
Wir müssen noch lernen, daß dies auch
Zurückgehen bedeuten kann.

Sprich über Freiheit nicht mit flotter Zunge.
Sage, für wen.
Freiheit für alle gibt es nicht.

Wille verändert.
Besitz konserviert.

Nicht jede Entzündung führt zu einer Revolution.

Wie die Alten manipuliert,
so die Jungen erzogen.

Bücher sind aufgehobenes Wissen und Gewissen.

Mode ist der Spiegel der Vergeßlichkeit der Menschen.
Sie wiederholt sich mit Variationen,
verführt die Eitlen und ernährt fürstlich ihre Macher.

Spezialisten sind kluge Tunneldenker,
denen Ganzheit ziemlich fremd geworden ist.

Wer das Zepter niederlegt,
sollte das Haus verlassen,
in dem er es geführt.

Wir wissen nicht,
ob das Abweichende zu etwas Neuem oder
zur Vernichtung des Alten führt.
Wir glauben nur, daß es gefährlich sei.

Fanatismus ist das Kind vergewaltigter Toleranz.

Gesellschaftliche Prozesse widerspiegeln
spezifische Formen tierischen Verhaltens.
Der Mensch sucht freilich nach
allen möglichen Ausreden.

Wer im eigenen Saft schmort,
wird wenigstens nicht krank.

Revolutionen sind die Katarakte
gesellschaftlicher Entwicklung.

Der moderne Zusammenhalt der Völker
wird durch Geld zerstört,
durch Not aber gebaut.

In der Not frißt der Parlamentarier
seine Überzeugung.

Eine gesellschaftliche Epoche definiert *ihre* Freiheit,
eine andere
eine *andere*.

Ausgrenzen begründet Neues
und löst die Begrenztheit des Alten allmählich auf.

Wenn der Teller in der Suppe steht,
hilft auch ein Blick über seinen Rand nicht weiter.

Gerüchte sind verstaubte Wahrheiten.

Kapitalismus hat bis heute die vermeintlich
demokratisch wählenden Arbeitenden erfolgreich
duch Bestechung entzweien gekonnt.
Das ist sein größtes, existenzsicherndes Vermächtnis.

Wer mit Tieren lebt, versteht Menschen.
Ich wünsche jedem Führer
ein langes Praktikum im Zoo.

Weil wir uns zu oft hinreißen lassen zum Kauf von
Dingen, die wir eigentlich nicht benötigen,
bringen wir viel mehr Menschen um ihr Brot,
als wenn wir das kauften,
was uns im Gleichklang mit der Natur wirklich nützt.

Elitendominierte und also verkommene Demokratie
hält auch Kriege aus.

Hierarchien beugen Leute.

Gesellschaftlich festgelegte Gruppen von Menschen
aus ihrem Unbehagen zu befreien,
kostete früher Blut,
heute Geld.
Waren früher Umwälzungen Revolutionen,
sind sie heute Ereignisse,
die durch Bezahlung ruhiggestellt werden können.

Wehe dem, die Umwälzer sind nicht bestechlich.

Die beste Werbung für neue Ideen ist ihr Verriß.

Wo das Volk Macht gefährdet,
wird kräftig manipuliert.

Die Parteiung der redlich Schaffenden
sichert deren Schlachtung.

Die preiswerteste Aufruhrbekämpfung ist,
Dokumente zu sperren.

Wo Sprache zu Symbolen verkommt,
ist der Untergang ihrer Sprecher nicht fern.

Revolutionen sind dann friedliche,
wenn die Kinder reuend in den Schoß zurückkriechen,
aus dem ihre Eltern für Besseres
mutig aufgebrochen waren.

Beitreten ist Unterordnen.
Wie Anschließen.

Solange unsere Welt Fluchthabitate vorhält,
darf Herrschaft auch sehr individuell sein.

Der Geduldige ist weise – oder dumm.

Der demokratische Hegemon bekämpft Widerrede.

Lobbyisten sind die Macher von Politik und
Wähler deren warmer Mantel.

Fremd bleibt,
was außerhalb selbstgesteckter Toleranz siedelt.
Und manches Fremde
bleibt dem Menschen ewig fremd.

Wer gegen den Strom schwimmt,
sollte im Ozean geübt haben.

Multikulturalismus und Kolonialismus
sind die tödliche Dosis
respektlosen Völkerverstehens.

Extremismus ist der Spiegel
scharfer Kanten gesellschaftlicher Brüche
oder stoischen Fortgangs des Bisherigen.

Der Zustand einer Gesellschaft
beschreibt sich in der Seele seiner schwächsten Glieder.

Der denkende Mensch ist eine
Gefahr für seine Umgebung und ein
Glück für deren Veränderung.

Gar nicht selten erliegt Widerstand
Verführung.

.

Demokratie ist eine Treppe,
auf deren oberster Stufe
ihre Vergewaltigung durch Gruppeninteressen
bezahlbar bleibt.

Die Verantwortung des Erkennens
liegt im Bepreisen des Veränderns.

Wohlstand erlahmt Gerechtigkeit.

Verschiedene Zeiten
stellen oft genug die gleichen Fragen.

Das Siechen einer Gesellschaft nimmt seinen Lauf
mit Bildungsferne und niederem Spaß,
bäumt sich in Legitimation des Extremen auf
und wird im Krematorium der Eroberer besiegelt.

Vielfalt ohne natürliche Grenzen
ist das billigste Billett
in die Arena der Manipulation.

Der gesellschaftlich fundamentalste Irrtum unserer Zeit
ist der Glaube an stetigen Fortschritt.
Er schmeckt nach grenzenloser Gestaltbarkeit
und ist doch erstarrt wie Hefeteig nach dem Backen.

Demokratie lebt von den Folgsamen.

Bildersturm ist eine
historisch unheilbare Erkrankung.

Sozialismus, diese verdammte Störung
gesellschaftlicher Entwicklung,
hat das Sehnen der Menschen nach Gerechtigkeit
entflammt,
aber keineswegs zu löschen vermocht.

Die größte Gefahr für einen modernen Staat
ist nicht der extrem geheißene,
sondern der denkende Wähler.

Der Ehrgeiz des Menschen
gebiert seine Manipulatoren.

Alles Neue verdirbt durch Verschwiegenes.

Jeder bisherige Staat bedarf zu seinem Erhalt
auch der Bildungsresistenten.

Jede Zeit hat ihre Worte.
Jedes Wort hat seine Zeit.

Verfettender Kapitalismus bildet seine Totengräber aus.

Kritik, die Interessen dient, ist billig.

Ach, ich sehe Einkaufsstraßen,
die Schuhe nicht beschmutzen.
Ach, ich sehe Schlammesströme,
in denen Tote treiben.
Ach, ich höre das Geschrei der Entkommenen.

Aber ich vernehme das Einsehen nicht,
daß Natur keine Dirne ist.

Das Prekariat wird wachsen
mit dem subtilen Einfluß der Bereicherten.
Es wird unser Jahrhundert bestimmen
und das nächste wandeln.

Vielfalt hindert Einheit.

Die Spaltung einer Nation
beginnt mit dem Fügen ungleicher Teile.

Gib dem Gartenzwerg Macht,
und er macht sich den Garten zum Zwerg.

Die sozialen Netzwerke sind die
Beichtstühle der Moderne,
und deren Priester stehen
im Solde des geheimen Andienens.

Ich möchte mir nicht den Arsch aufreißen
für einen goldenen Löffel,
wo auch ein blecherner mich satt macht.
Ich möchte mir aber den Arsch aufreißen
für ein armes Schwein,
das Gesellschaft in einem miesen Stall hält.

Die Fehler der Besiegten
wiegen immer schwerer
als dieselben Fehler der Sieger.

Die Verharmlosung und Verniedlichung von Krieg
für seine Akzeptanz beim Volk
offenbart die Perversion seiner Führer.

Völker haben für ihre Geschichtlichkeit
ein kurzes Gedächtnis.
Die Gefahr, Fehler zu wiederholen,
ist größer als die Hoffnung,
durch sie belehrt zu werden.

Fehler sind Funktionen von Zeiten.

Wenn sich das Gespenst des Kommunismus
in Europa vorerst zurückgezogen hat,
bedeutet das nicht,
daß es nicht doch anderswo auf unserer Welt
Menschen ergreift, die ihm zu dauerhaftem Leben
verhelfen können,
weil dort die Kluft zwischen
Macht und Machtlosigkeit
von minderer Subtilität und vermehrter Direktheit
beschaffen ist.

Wes Bauch gefüllt, des Geist erlahmt.
Keiner wird Systeme erschüttern,
die sein Auskommen sichern.

Eliten verführen sich durch leichten Glauben.
Schaffende erheben ihr Haupt mit Wissen.

Ich habe noch keine Politik vernommen,
die dem Volke dient
und *nicht* den Vereinnahmern.

Wo Wissen im Vielleicht zerfranst,
robbt Glaube sich zur Macht.

Wenn die Sicherheit Deutschlands
am Hindukusch verteidigt wird,
ist es entweder zu groß oder zu empfindlich.

Schon immer war Propaganda
Dienerin der Beherrscher
und Verführerin der Beherrschten.

Das weltweite Netz wird den Bestand
von Gesellschaftssystemen zu neuen Systemen
zu wandeln verhelfen,
die dem Einzelnen weit mehr Gerechtigkeit und Freiheit
widerfahren lassen werden
als heute je denkbar ist.
Ob die Menschheit währenddessen zu der Reife
gelangen wird, dies mit weniger Opfern als in der
Geschichte ihres gesellschaftlichen Bewußtwerdens
zu bezahlen,
oder zu dem Verfall,
in historische Barbarei zurückzukehren,
ist bei weitem nicht ausgemacht.

Kompromisse zeigen Kräftegleichgewichte an,
niemals Willensgüte.

Des Siegers Suhle
schnell zu seinem Grabe wird.

Dienten wir unaufhörlich der Natur,
bräuchten wir sie nicht fürchten.

Fernsehen der Bestimmer verbildet.

Ich sehe viele Gernegroße,
die sich zum Meister aufschwingen.
Ich sehe viele Propagandisten,
die sich zum Politiker machen.
Ich sehe viele Diebe, die Verbrecher werden.

Was wohl läuft schief in Systemen,
die menschliche Entfaltung doch so unbegrenzt heißen?

Macht, die Angst hat, ist gefährliche Macht.

Wahrheiten werden von gesellschaftlichen Systemen
bekleidet
und für diese gebrauchsfähig gemacht.

Nicht selten geraten sie dadurch zu Lügen.

Diener sind keine Veränderer.

Auch ein unbeschriebenes Blatt hat eine Geschichte.

Unabhängigkeit ist nicht bezahlbar.

Gegen das Wandern von Völkern
benehmen sich Regeln von Staaten
wie überforderte Eltern gegenüber
mißverstandenen Kindern.

Die Kenntnis des Originals
macht jede Propaganda zunichte.

Die politische Spaltung der Schaffenden
baut das Gemach der Zehrenden.

Wenn Bestimmer
kluge Arbeitende für arme Idioten halten,
ist Zeit für gründliche Umstürze.

Europa sollte nur in Zoos Affen halten.

Sofern Geschichte durch Menschen befördert wird,
sind es in der Masse der vielen
die Unbeugsamen,
die ihren Fortgang begründen.

Die Freiheit der Wissenschaft
ist ein gut bezahltes Märchen.

Was mit Macht sich nicht abspricht,
ist Anti-Macht.

Klimawandelhysterie ist die
erschreckend fehlende Einsicht des
bedauernswert manipulierten Menschen
über Entwicklung von Natur.

Sicherheit ist ein teures Konsumgut und
Politik dessen eigennütziger Verkäufer.

Es dient dem Herrn, des Geist man umsetzt.

Professionelle sind bezahlte Lakaien ihrer Geldgeber.
Davor sind sie bittstellende Knechte.

Am Rande von Systemen
entstehen die Ideen ihrer Überwindung –
nicht in ihren Zentren.

Geschriebenes Wort ist bekennendes Denken.
Nur der Tagelöhner mag sich daran nicht halten.

Der Tag nur ist ein Puppenspiel
vor dem Hintergrund von Jahrtausenden
gesellschaftlich bizarrer Entfaltung des Menschen.

Völker lernt niemand in Hotels kennen.

Ideologien und Religionen sind die Platzhalter
an Objektivem orientierten Denkens.

Revolutionen tauschen Macht-haben-Wollende aus,
Evolutionen Systeme.

Ich sehe moderne Gesellschaften
in Hamsterrädern laufen.

Ich habe Hamster taumeln sehen.

Zuhören ist die größte Herausforderung der Neuzeit.

Globalisten sind entlaufene Gesellen,
die mit den Regeln ihrer Meister hadern.

Wo du als Stein eines Mosaikes dich weißt
und es dich nicht nur dünkt,
da bringe dich ein.

Anderenfalls verweigere dich.

Wer bezahlt, bestimmt.
Das gilt für Gastgeber und Gewaltenteiler.

Wirrnis im Kopf entsteht durch
Alkohol, Drogen und Medien.

Wenn ein alter Baum sich seiner Wurzeln schämt,
hat Fremdes ihn zu schädigen begonnen.

Alles heute über Bord Geworfene,
wird schon in fünfzig Jahren hoch geschätzt werden.

Gesellschaftliches Hurra und Verdruß
haben kurze Lebenszeiten,
wo gründlicher Bildung der Anker fehlt.

Lasse dich nicht von der Gunst
deines Königs beeindrucken
noch von seinem Zorn.
Überdenke deine Sache aus der Sicht aller.
Handele mit Vernunft,
welche die Menschen bis dahin zu sammeln vermocht.
Dies wird dir zu Ruhme gereichen.

Nichts steht so fest,
daß es nicht durch etwas anderes
jäh zu Fall gebracht werden könnte.

Wenn und wo Demokratie sich andient,
wird in Diktatur oder Chaos sie sich verdingen müssen.

Die Geschichte des Menschen ist die Geschichte von
Wiederholungen wesensgleichen Ereignens.

Selten ist, was Fortschritt geheißen,
zum Nutze von Natur.
Oft genug nur zum Nutze
allein des Menschen.

Historische Erfahrungen eines Volkes
stehen immer unter tretender Sohle von Macht.

Fragen beginnen
Näherung oder Feindschaft.

Des Deutschen Bedarf an straffer Führung
scheint unstillbar.
Bedächtig langsam nur neigt er
zu lebendiger Demokratie.

Krisen schaffen Zusammenhalt und Denunziation.

Völker werden durch Kriege dezimiert,
durch Verhätschelung aber vernichtet.

Über Tod und Leben

Der Tod ist das Ziel des Alterns.

Vernünftige Gedanken entstehen
im Suff, auf dem Klo oder in Not.
Selten infolge planenden Denkens.

Unkenntnis füttert die Gemüter,
Wissen die Denkenden.

Lesezeichen – Zeichen des Belesen-Seins,
nicht nur des Gelesen-Habens.

Mir ist ein Buch lieber,
das einer kauft und drei lesen,
als ein Buch,
das drei kaufen und nur einer liest.

Der Mensch ist vergeßlich.
In seinem Tag.
In der Geschichte, die seine Entwicklung
zurückgelegt hat.
Deshalb werden Fehler wieder und wieder
geboren, gehegt und gepflegt.

Deshalb Tragödien.
Deshalb Auszeichnungen für Altbekanntes.

Geld verändert nur wenige Menschen
nicht.

Nichts stattet den Menschen mehr mit Vernunft aus
als seine Ohnmacht gegenüber der Natur.

Lebe deine Träume.
Der Preis dafür wird deinen Charakter nicht verarmen,
Menschheit aber voranbringen.

Allzu oft vergißt Ehrgeiz seine Helfer.

Unkenntnis gebiert Angst,
Unerkanntes Furcht.

Ohne Strom sind E-Books Tinnef.

Jeder Mensch stirbt einsam,
auch wenn zig weinende Augen
auf das Sterbelager schauen.
Im Tunnel des Todes ist Mitleid lächerlich.

Wo Besonnenheit und Besinnlichkeit traut beisammen,
da währet Friede.

Lupen vergrößern bescheidene Charaktere
und überführen den Aufschneider der Lüge.

Springe nicht über deinen Schatten.
Er ist das einzige, was bleibt,
wenn du nicht mehr sein wirst.

Keine Zeit duldet ihr Ende.

Besonnenheit bewahrt Vergessenes,
Hektik nicht einmal den Moment.

Wir sollten Natur ernst nehmen,
unser Leben in ihr aber beschmunzeln.

Nur der Bescheidene erkennt das ehrliche Lob.
Des Karrieristen Brust schwillt durch Beförderung.

Wissen ist nutzlos, wenn es Menschen nicht ergreift.

Kreativität überwindet,
was für alt gehalten wird,
und ernährt sich doch davon.

Im Angesicht des Todes von alters wegen
war das Leben eine einzige Hoffnung,
ein Bangen, Erleichterung und Gram.
Und das Schwelgen im Glück
ein Bruchteil dieses Lebens
wie das Verdrängen von Unglück.
Was zu tun gewesen war,
blieb hinter der Schmach zurück, was man nicht getan,
wohl aber hätte zu tun imstande sein können.

Nur die notorischen Selbstbeschauer
schlafen zufrieden ein.
Für andere ist Tod das Ende von Unzufriedenheit.

Naturkatastrophen sind noch groß genug nicht,
um aus ihnen zu lernen.

Wer im Großen lebt,
verlernt im Kleinen fühlen.

Mißverständnisse sind die Kinder
halben Wissens und halben Zuhörens.

Die vernünftige Rückkehr des Menschen zur Natur
scheint ein längerer Weg
als seine Entstehung aus ihr.

Krankheit kann der Zustand Gesunder sein,
wenn sie lange genug untersucht worden sind.

Der Sinn des Lebens besteht darin,
den unvermeidlichen Weg in den Tod glauben,
verschönern zu können.

Karrieren kremieren Gefühle.

Optimismus ohne Wissen bedient die Hörigen,
Pessimismus die Verlorenen.

Gib mir Brot, Wasser und
die Gesundheit zu klarem Denken.

Glücklich werde ich sein.

Unser *Planet* hegt uns ein – nicht unsere *Beziehungen*.

Wo Bescheidenheit obsiegt,
wird Glück für alle reichen.

Der Tod der Eltern beginnt das Sterben der Kinder.
Leid wir durch Zeit nicht verdünnt.

Fragen sind die Trittsteine des Lebens durch den Garten
blühender Lügen und Halbwahrheiten.

Hoffnung ohne Kenntnis ist blinde Neugier.
Kenntnis ohne Hoffnung Realismus.

Der intelligente Lügner
ist zu sich selbst am aufrichtigsten.

Alle Furcht vor dem Ungewissen ist
Unwissen.

Spontaneität nimmt auf nichts Rücksicht.
Wie Mutationen.

Die Frage, was wir aus unserem Leben machen,
wettstreitet mit jener,
wieviel von dem, was Leben aus uns machen kann,
wir zulassen.

Nichts ist faszinierender als der Weg in den Tod.
Er macht uns milde, kämpferisch und endlich weise.

Trauer ist keine Frage der Symbolik.
Sie ist das Durchleben von Leid eines Nahen
und das beginnende Schmecken des eigenen Todes.

Ein schlechtes Buch wird nur einmal gelesen.

Wo der Tor sich übt, ist des Klugen Schweigen.

Nicht aus Ratschlägen lernt der Mensch,
sondern aus eigenen Fehlern.

Der Betrunkene sagt die Wahrheit,
weil ihm die Lüge zu kompliziert ist.
Der Nüchterne lügt,
weil ihm die Wahrheit zu einfach ist.

Träume sind die Narkosen der Armen
und die Verschwendung der Reichen.

Sympathien des Gegners
verderben die eigene Kraft.

Die Schwäche des Erfolges ist Selbstverliebtheit.

Selbstdisziplin ist freiwilliger Gehorsam
gegenüber dem eigenen Ich.

Die Achtung der eigenen Persönlichkeit
ist eine höchst anspruchsvolle Angelegenheit
ihres Besitzers.

Geld ist der Ursprung von Hast,
verführende Speise vermeintlichen Wohlseins
und – oft Anlaß allzu frühen Todes.

Frust ist der Verschwendung bester Kunde.

Das Leben zwischen Geburt und Tod ist eine Baustelle.
Und die aufgestellten Warnschilder
sind Hilfeschreie der Lebensteilnehmer.

Wenn es nur halb so viele Vernünftige gäbe,
wie es Schwätzer gibt,
wäre erheblicher Schaden
von der Menschheit abgewendet.

Zufriedenheit gebiert Unzufriedenheit.

Der Pedant ist ein konvertierter Chaot.

Ich möchte das Alte verstanden haben,
um viel Neues alt heißen zu dürfen.

Neid ist das Unvermögen,
es besser zu können,
gepaart mit dem Vermögen,
dies niemandem zu gönnen.

Es trauert der Begleiter in den Tod.
Alle anderen bedauern.

Auch Schwarzmaler zeichnen auf weißes Papier.

Ich staune über das triefende
Selbstbewußtsein der Leute.
Alle kennen sich aus.
Jeder redet überall und immer mit.
Auf konkrete Fragen aber erhältst du keine Antworten
oder falsche.

Natur zu bedrängen ist
die größte Respektlosigkeit des Menschen.

Erinnerungen sind wie alte, ehrwürdige Gebäude.
Ihre Restauration kann ein Leben lang dauern.

Geschmack als Ansicht von Dingen
ist ein Produkt der Bewerbung der Dinge.

Nichts schreckt uns mehr auf
als der Eintritt der Wahrheit.

Die Zunge ist des Geistes Soldat.

Von allen Klugen
sind die Unerschrockenen die mutigsten.

Niemand beschreibt den Ungeist unserer Tage klarer
als der Hegemon Mensch.

Ja, ich bin enttäuscht
von der Verführbarkeit der Menschen,
von ihrer Fähigkeit, hinzunehmen ohne Frage.
Aber überrascht vom Aufbegehr,
wenn jemand ihr Geld will.

Leben ist Fragen.
Sterben ist Hinnahme.

Was der Natur dient, ist dem Menschen zuträglich.

Der Bescheidene ist glücklich.
Der Verführte strebt danach.

Leben ist eine aufwendige Übung
im Wartesaal des Todes.

Das Vorleben der Eltern
ist die wirkungsvollste Erziehung der Kinder.

Der bestechliche Geist der Menschheit
ist über den Nahrungserwerb des Pantoffeltierchens
nicht hinausgekommen.

Viel gelesen zu haben, heißt noch nicht, belesen zu sein.

Westlichen Gesellschaften
ist Altsein Belastung,
indigenen natürliche Bereicherung.

Verzehre dich nicht durch dumpfen Zorn.
Wisse
und widerstehe auf Dauer.

Hast ist die Flucht vor dem, was man eigentlich will.

Dem bescheidenen Genius sind drei Menschen lieber,
die ihn verstanden,
als dreihundert,
die von ihm gehört haben.

.

Natur ordnet sich selbst.
Auch den Menschen.

Die geleugneten Fehler der Alten
sind die Fehler der Jungen.

Sage nicht, das Alter sei gekommen für das Sterben.
Tod ist das Ende deines Tuns,
und immer wirst du noch etwas wollen.
So wirst du am Leben hängen, nur weil du nicht weißt,
was dir der Tod bringen wird.

Alles ist nicht von Dauer.
Von ewiger Dauer nur ist Vergänglichkeit.

Alles aber ist nur Spiegel von allem.

Wahrheit zu verdrängen,
behindert ehrliche Entfaltung
und kürt anderer Reichtum.

Wenn du nicht enttäuscht werden willst,
sei anspruchslos.

Wo Trauer die Angst vor dem Sterben nimmt,
läßt sie den Menschen
im Bewußtsein seiner Endlichkeit
glücklich sein.

Bejubelt wird der Mensch für seine Stärken,
bedauert für seine Niederlagen,
geliebt aber für seine Schwächen.

Dichter sind Bildhauer der Worte.

Niemand wird als Verbrecher geboren.
Niemand wird als Gott geboren.
Der Mensch nur macht sie aus sich.

Betrete das Haus der Menschheit
mit dem Schlüssel objektiver Geschichte,
nicht Ideologie noch Glaubens.

Es wird respektvoll und wahrhaftig dich einlassen.

Willst du im Alltag bekannt sein,
verkaufe dich an Politik und Medien.
Spuren in der Geschichte der Menschheit hinterlasse,
indem du bescheiden dein Leben ihr andienst.

Sprich nicht großmundig über deine Fähigkeiten.
Schnell sind sie erschöpft,
wenn du deinem Liebsten nicht mehr helfen kannst.

Vergängliches zerfließt.
Es bleibt das Veränderte.

Optimismus verbessert nicht die Dinge an sich,
sondern nur die Sicht auf sie.

Würden wir eine Sache in ihrem Laufe sehen,
wäre die Aufgeregtheit vieler ziemlich belanglos.

Die Instrumentalisierung von Tod
ist das häßlichste Bild menschlicher Trauer.

Zwischen Überzeugung und Pflicht steht die Frage,
ob dieses wahr und jenes nötig ist.
Schnell geneigt ist der Mensch immer schon,
beides zu entzweien unmanierlich zu heißen.

Vernunft kehrt mit Leidenschaft heim,
wenn sie Ausgang hat.

Wer den Tod herausfordert,
darf mit seinem Eintritt nicht hadern.

Besinnen ist Atmen,
Hasten ist Hecheln.

Würden wir viel mehr in alten Büchern lesen,
gäbe es nicht die Flut neuer.

Wenn du deine Mutter verstehen willst,
lausche ihrem Seufzen.

Auf einer kleinen Insel ohne Hängematte der Moderne
ist das Begehren von trinkbarem Wasser
das Maß des Abstandes zu unserem Ursprung.

Not – nicht Wohlstand – schöpft neue Ideen.

Moderne Medizin kann das Sterben verlängern,
nicht aber würdevolles Leben.

Optimismus ist die fatale Ansicht der Wissensbefreiten.

Schmeichelei und Unterwürfigkeit
sind die Geburtshelfer der Arroganz.
Aufbegehr und Gleichmut ihr Totengräber.

Die eigene – luxuriös manipulierte – Persönlichkeit
in großem Rätsel:
Ging man früher gegen geheime Wanzen
auf die Barrikaden,
werden sie heute begeistert gekauft.

Wenn du einen Fremden kennenlernen willst,
höre ihm zu und schweige.

Schreiben, das sich von Schwulstigkeit befreit hat,
ist wie Früchte kochen:
Beides dickt ein.
Dieses zu Aphorismen der Erfahrung,
jenes zu schmackhafter Konfitüre.

Die einfachen Menschen sind mir die liebsten.
Sie fragen, zweifeln und haben einen Instinkt.
Menschen, die von Bildung gehört haben,
fragen nicht, behaupten und sind instinktlos.

Armut macht den Kopf frei für klares Denken,
Reichtum für Verschwendung.

Gegen Ende des bewußten Lebens
sind kleine Veränderungen eine Katastrophe
und große bedeuten den Tod.

Wer sich hinter der Komplexität der Welt versteckt,
hat die Einfachheit ihrer Teile nicht verstanden.

Tugenden spiegeln Zeiten.

Wie erschreckend mitteilsam ist der Mensch heute.
Und also wie erschreckend einsam.

Zufriedenheit ist die Einstellung zu sich selbst,
nicht die anderer zu dir.

Wenn wir glauben, daß alles richtig sei,
haben wir die Fähigkeit verloren,
zu denken.

Naturergebener Verzicht
verlängert Leben mehr als jedes Sportstudio.

Mystik ist die Fluchthelferin aus dem Jetzt
und die geschmeidige Dienerin des Todes.

Gäben wir uns doch als jene,
die wir wirklich sind,
hätte Selbstbewußtsein eine ehrliche Statt.

Neid ist der Dampf,
der dem Tiegel geschmolzener
Unfähigkeit, Arroganz und Dummheit
entweicht.

Selten wirst du gelobt für Dinge,
die *dir* alles abverlangt haben.
Selten wirst du getadelt für Dinge,
die *du* falsch gemacht hast.

Jeder denkt endlich nur an sich selbst.

Wir sollten Schulen bauen
für die ganz, ganz wenigen Ausnahmen.

Fortschritt, der Zweifel erhört, wird von Dauer sein.

Wer in flachen Wassern schwimmt,
sollte mit aufgeschlitzten Leibern rechnen.

Alles ist nichts ohne Liebe, sagt der Liebende.
Alles ist nichts ohne Geld, sagt der Gierende.
Ohne Gesundheit ist alles nichts, sagt der Kranke.

Optimismus ohne Kenntnis
und Pessimismus ohne Haltung
sind die Feinde des Fortschreitens.

Rastlosigkeit sind Bedenken fremd.

Gar nicht selten hat einen langen Weg vor sich,
wer das Wesen einer Sache begreifen will.

Das Gegenteil von Optimismus ist Realismus.

Was nach Größe strebt, verliert an Eigenheit.

Kinder brauchen einen Begeisterer.

Wie du trauerst, so liebst du.

Wo Lesezeichen in Büchern sich verstecken,
da rastet ein heller Geist.

Erkenntnis ist ein Trampelpfad.

Der kritische Geist
ist von Natur aus bescheiden.

Wißbegier ist eine mühevolle Tugend,
die Glück und Kämpfen lehrt.

Oft hat Gutes
falsche Verkünder.

Du bist,
wie deine Kinder du aufziehst.

Fortschritt und Zweifel sind eine Münze.

Wer das Leben auskostet,
hat keine Träume mehr.

Laß dich nicht erkennen, wenn du bemerkt wirst,
laß dich nicht verführen, wenn du gelobt wirst,
laß dich nicht kleinmachen, wenn du kritisiert wirst,
laß dich nicht benutzen, wenn du dienlich wirst.

Bekenne dich aber,
wenn Not ist im Fortgang der Dinge.

Ich danke mit meinem Herzen Sylvia, meiner großmütigen, liebenswerten und wirklich geliebten Begleiterin durch die Jahre, die mit großer Geduld, Vertrauen und Vertrautsein mit meinen Manieren viel Zeit allein verbracht hat, wo in jeder normalen Zusammenheit der andere dagewesen wäre. So habe auch sie Anteil - größten zuvörderst – am Werden dieser Sprüche, indem sie mir Ruhe und Freiheit und bedenkenlose Entfaltung zukommen lassen hat. Zurecht darf das in unserer Zeit ungewöhnlich – außergewöhnlich gar – geheißen werden.

Dafür möchte ich Dir, liebe Sylvia, danke sagen.

Zeitfracht Medien GmbH
Ferdinand-Jühlke-Straße 7
99095 Erfurt, Deutschland
produktsicherheit@kolibri360.de